目次

言葉とことば

言葉の奥で
ことばと出会え
言語の衣を
溶かし
意味とつながれ

ことばを抱きよせ　言葉に
光のちからを取り戻せ
言葉によって
不可視な光を

世にはなて

あいさつ

色んな人に
あいさつをする
会社でも道端でも
手紙を書くときも

相手と　そっと
つながりたいから
丁寧に

でも　わたしは

近ごろ
自分に
あいさつをしていない

倒れるように寝て
突き動かされるように起きて
追われるように生活しているから

自分に　そっと
優しく
声を掛けるのを
忘れている

言えないことば

言わないだけで
言いたいことが
ないのではありません
ただ　誰に　何を
どう語るべきなのか
分からないだけなのです

苦しいという
言葉は存在します
でも

わたしの苦しみは
どうしても
言葉にならないのです

だから
嘆き疲れたら
声も出さずに
うめくほかないのです
だまって
ひとりで祈るほかないのです

語れることも
語るべきこともある
でも　何も

言えない
そんなひとはわたしのほかにも
どこかにいると思うのです

常識

夢を語るな
もっと　現実的になれ
どうして
そんなことを
言うんですか

かなえられなくても　わずかな
希望があるから
どうにか
今日を生きていける

それが現実なのに

迷いながら
小さな夢が灯《とも》した
ひとすじの光を
たよりにして
生きている

それが
わたしたちの
ほんとうの
現実なのでは
ありませんか

現実

みんなが
笑っているとき
わたしは　ひとり
泣いていたことがある

みんなが
祝っているとき
うめいている人も
いるだろう

この世界には
誰も　気づかないところで
見知らぬ他者のために
祈っている人もいる

見えない場所で
気づかれないように
そっと　誰かを
支えている人たちもいる

無音の羽

慰めの言葉と
励ましの言葉は
ちがうと
知ったのは

どうしようもなく
さけがたい
人生の壁に
ぶつかったときでした

慰めの言葉と
励ましの言葉は
ちがうと
わかったのは

あの人が
じっとだまって
そばに　いて
くれたからでした

深い慰めは　ときに
言葉の壁を飛び超えて
やってくるのを
知らされたときでした

ことばの抱擁《ほうよう》

手が　からだを
抱きしめるように
ことばが　こころを
包むこともある

沈黙のおもいが
魂の扉を
叩くことも
あるだろう

切なる祈りが
苦しみを
打ち砕く
ことだってあるはずだ

二つの理由

見えない涙が
存在するのなら
わたしは
いつも
泣いている

あなたが
わたしを
置いて行った
あの日から

ずっと
あなたを
うしなった
かなしみと
出会うことができた
よろこびのために

涙の石

わたしの手は
指輪でいっぱい
毎日　部屋で
ひとり
眺めてる

苦しむわたしのために
あなたが流してくれた
涙の石の
わたしの指に

ぴったりな指輪

ほかの誰も
知らない
誰の眼にも
けっして見えない
透明な宝石

盗まれることも
消えることもない
永遠の世界からやってきた
わたしだけの
指輪

ことばの光

詩をつむぐなら
気の利いた
一節などよりも
自分を驚かす言葉を

読む人が
自分も
そうおもっていたのかと
感じる言葉を

一本のマッチのように
はかなく
消えてしまうのだとしても
受け取る人の

こころの奥に
わずかな　でも
消えることのない熱が
感じられる　燃える言葉を

アンデルセンの物語のように
愛する人の姿が
ありありと思い浮かぶ
光のことばを

旅することば

こころから
言葉を
発することができれば
その言葉は

相手の
こころに届く
そういった人がいます
それが　ほんとうなら

たましいから
生まれた　言葉は
彼方の　世界にいるあなたの
たましいにも　届くのでしょうか

もう　会うこともできず
声も
聞こえなくなった
あなたにも

たとえ　その言葉が
声にもならない
うめきで
あったとしても

高貴な人生

きみは

けっして
忘れてはいけない
貴《とうと》く生きることも大事だが
きみが生きている
そのこと自体が貴いんだ

きみが

優れた人間だからではなく
良いことをするからでもない
世にたった一人のきみが

こうして
存在していることが
ただただ　貴いんだ
貴いとは
そういうことなんだ

ノヴァーリス

速く進めば
遠くへは
行けるかもしれない
でも

出会うべきものが
近くにあるなら
自分よりも　自分に
近い場所にあるのなら

今　いる場所に
立ち止まり
たたずまねば
ならないのではないだろうか

旅とは
出発した場所に
戻ってくるための道程だ
と書いた人がいる

生きるとは
ただ　おのれに
還る道行きなのかも
しれない

愛しみを産む

あるときまで、悲しみは人生の錘《おもり》だった。海底に引き連れていく避けがたい重石だった。息をすることもままならないほどの私を、生の現場に引き上げてくれたのも愛《かな》しみだった。悲しみと愛しみは、一つの感情にささげられた、二つの異なる名である。悲しみは愛しみを宿して生まれてくる。悲しみを生き、愛しみを産めと人生はいう。

愛の秘義

人は
悲しみを感じるから
悲しむのではありません
不意に
悲しみに　襲われるから
悲しむのです

あなたに出会ったときも　そうでした
好きになったから
愛したのではありません

気が付かないうちに
愛していたから
好きになったのです

あの日
あなたが
旅立ってから
わたしは
長く　言葉の世界を旅して
ようやく知りました

愛しみと書いて
かなしみと読むことを
悲しむとは

何かを
愛した
発見であることを

ある人がいってました
恋は
見えるものを
見えなくして
愛は　見えなかったものを
見えるようにすると

本当かもしれません
そうすると　わたしは
離れてからやっと

あなたを
愛し始めた
ということに　なるのでしょうか

美神のおとずれ

いちばん
美しいものは
目には見えない
でも
だからこそ
消えることもないのです

たとえば
あなたと過ごした　あの日
見つめあうこともできず

二人で下をむいていた
あの
光る瞬間《ひととき》

言葉を溶かす

わたしが書いた言葉を
あなたの　熱で
溶かしてください

文字の姿が消えて
語り得ない
意味だけが残るように

わたしが語った言葉を
あなたの　胸で

抱きしめてください

音の姿が消えて
耳には聞こえない
響きだけが残るように

孤独の意味　Ⅰ

ひとりになるとき　わたしは
大切な何かを想い出す
気が付かない場所で
誰かが　自分を
支えてくれていることや
失敗のなかに学びがあることを

言い訳をしながら
わざと
見過ごしてきた

人生の課題や
他人《ひと》には言わない
密かな目標のことも

でも　何よりも大事なのは
声にならない
こころの呻《うめ》きに
耳を傾けること
そして　見えないあなたを
そっと感じ直すこと

孤独の意味 II

何かを探して
ずっと旅をしてきた
いろんな場所に行き
いろんな人の話も聞いた

本や絵
音楽にだって
一生懸命に
向き合ってきた

でも　わたしは
ひとり　目を閉じて
時を感じるのを忘れていた
大切なものは

目を閉じた向こうに開く
もう一つの
眼でなくては見えないことに
気が付かなかった

ある詩人への手紙

何度も読み返し
たくさんの線を引き
手元にある
あなたの詩集はまるで
声をあげない
生き物のようです

でも
わたしは
何も

分かっていなかった

書いてある
文字ばかりを
抱きしめるようにして
言葉にならない
呻《うめ》きを
置き去りにしていた

見えないところで
ひとり悲しむ
魂であるあなたを
見過ごしていた

*

はじめて
あなたの言葉に
ふれたとき
まだ
十代の若者だった

四十年を経て
やっと
作品が
手紙のように
読めるようになった

遠く
仰ぎ見るのではなく
敬愛する
友人のように
感じるようになった

写真からでも
あなたが
胸中に流した
不可視な　でも
熱い涙を感じるようになった

ライナー・マリア・リルケ
わたしの詩人

なつかしい人
死者と天使に
導いてくれた　恩人

亡き者のつぶやき

ちゃんと見つめている
あなたが
気がつかないときにも
そっと

いつも話しかけてる
ささやきよりも
小さな声で　心の耳に
あなたが苦しんでいるときに

いつもよりそってる
かたわらに立つよりも
ずっと近く
あなたの魂に

あの日　わたしの姿が
あなたの目には
映らなくなってから　ずっと
これからも　いつまでも

天使

天使は
存在しないが
実在する
指さす先にではなく
おもいが
動き出す場所に

天使はおのれの
意志を持たない
神のことばの

通路であり　運び手
目には見えない
守護者でもある

天使は飛ぶ
外なる世界でなく
リルケがいう
内なる世界を
音もたてずに
私たちに気づかれないように

啓示

碧《あお》く光る空に
無色の霧のように
広がる
天使の

無音の声を
受けとめたければ
心ではなく
たましいの
扉を開け

己れの思いで
充満した場所に
神聖なる余白を
準備せよ

言葉の姿を超え
すべてのひとびとに
たむけられた
大いなるものの
意志を

もう一つの
眼で読み

こころの
耳で受けとめよ

なぐさめ

言葉を
書けなくなったなら
本を読め

言葉にならない
他者の嘆きを
受けとめろ

本が
読めなくなったら

言葉をつむげ
己れの胸にある
眠れるおもいを
解き放て

声が
出なくなったら
黙って祈れ

遠くで哭《な》く
未知なる者たちに
なぐさめを　おくれ

四十六億年の果て

地球には
四十六億年の
歴史があって
百を
優に超える
国があって

この国にも
一億を超える
人間がいて

それにもかかわらず
やっと
君と出会えたのに

どうして
少し
会えなくなっただけで
君を
忘れなくては
ならないのだろう

似ている人なんて
どこを
探してもいないのに

どうして
忘れることなんて
できるだろう

君が　この世界に
いなくなっただけなのに
どうして
君なしの毎日を
生きなくては
ならないのだろう

永遠の日

こころが求めていた
　言葉に
出会えた瞬間
何気ない日が
けっして
　過ぎ去ることのない
　永遠の　一日になる

――志樹《しき》逸馬《いつま》の詩集を読んだ日

痛み

ひとを　簡単に
分かったなどと
言ってはいけない
誰もが

ほかの人には
言えない　悲しみを
こころの奥に
ひそませて
今日を　生きている

自分を
分かっていると
簡単に
思い込んでもいけない

誰もが　自分ですら
気がつかない痛みを
こころの奥底に
抱きながら
今日も　生きている

休日

そんなに
一生懸命に
休みらしくしなくても
よいのです

明日になったら
何をしたのか思い出せない
そんな日が
休日なのです

日頃　考えていることは
忘れてもいいのです
たとえば　未来への不安や
今　困っていることなども

せっかくの
休みなんだったら
部屋の掃除なんか
してないで

自分のことで
いっぱいのこころを
整理するのも
いいかもしれません

沈黙の声

言葉が
与えられたのは
おもったことを
語るためだけではなく

人の
こころにあって
容易に
言葉にならないことを
感じるためなのかもしれない

人は　おのれのおもいを
語れないときも
他者のおもいを
くみとることができる

言葉を
与えられたのは
語るためだけでなく
声にならない声を
聞くため
なのかもしれない

言葉を生きる

一つの小さな
詩をつむぎ
目に見えぬ
言葉の護符を
身に宿せ

誰も近くにおらず
ひとり　ひざを抱えて
うめくときも　言葉は
いつも

ともにいる

言葉は
おまえが
どこにいても
寄り添い
つづける

言葉とつながれ
避けがたき
苦難と悲痛から
おのれと
愛する者たちを守るためにも

ペンをとり　真実の
言葉を書き記せ
そのとき人は
文字によって　世に
ひとつの炎を送る

道に迷ったら
言葉をたのめ
お前の流す涙が
動かなかった記号に
いのちを吹き込むだろう

火花

たいまつの火を
握りしめることが
できないように
あんなに胸を熱くした
あなたの言葉も
ずっと
抱きしめていることはできない

残っているのは
目には見えないかたちで

わたしの
こころに刻まれた
小さな
十字架の姿をした
愛のしるしだけ

ことばのありか

言葉をさがせ
小さな
しかし
ちからある
光であることばを
さがせ

険しい山を
登るときも
深い海に

潜るときも
霧のなか
道を見失ったときでさえも

そっと傍らに
引き寄せられるような
誰の目にも
とまらない
小さな一語を
さがせ

どんなときも
おのれの人生に
立ち戻らせる

羅針盤のようなことばを
おのれのうちに
さぐれ

光であることば

言葉は　光である
目には見えない
　消えることなき
不可視な
　光である

時間の壁

おもいの限りを尽くして
一篇の詩を書く
そうすれば
時間の壁を
打ち破ることが
できるのだとしたら

おまえは
あの人に
何を書く

つもりなのか

もし
詩の言葉に
世の常識を
くつがえすほどの
ちからがあるなら
おまえは

あの人に
いったい
何を書き送る
つもりなのか

ことばの翼

ある詩人は
空ゆく鳥を見て歌った

「二疋《ひき》の大きな白い鳥が
鋭くかなしく啼《な》きかはしながら
しめつた朝の日光を飛んでゐる
それはわたくしのいもうとだ
死んだわたくしのいもうとだ
兄が来たのであんなにかなしく啼いてゐる」

羽を持ち
なきながら
飛ぶからなのか
鳥はむかしから
この世とあの世を
つなぐもの

生者は
黙ったまま
姿を変えて
立ちあらわれる
死者の訪れを
待つほかないのか

ことばよ
藍色の翼を広げ
天駆《あま》けよ
光となって
冥界の壁を
超えてゆけ

おまえは
語り得ない愛《かな》しみを
母として生まれたのだと
彼方の国にいる
あの人に
伝えてくれ

奇蹟のことば

あの方が稀《まれ》なる人であることは
多くの者たちもわかっていました
歩けない者は歩けるようになり
目の見えない者は見えるようになりました
不治の病を患う者も癒されたのです
死者のくにの門まで行ったラザロは
わたしたちの眼の前で
ふたたび息を吹き返しました

ですが

あれほどの恩恵を受けた者たちも
あの方を神であるとは言いませんでした
ゴルゴタと呼ばれた場所で
十字架にかけられ
天に召され三日目に復活されるまでは
自分たちが誰と言葉を交わしていたのか
ほとんどの者が知らなかったのです

幾人かの人はちがいます
あの方の母マリア　父ヨゼフ
ヘロデ王に処刑された洗礼者ヨハネ
その母エリザベト　預言者シメオン
あの方と同じ日　十字架上で亡くなった罪人
おそらくは　マグダラのマリア　そして百人隊長

彼　彼女らの眼に映ったのは人の姿でしたが
その魂に現じたのは神だったのです

しかしあの方を　神だと知った者たちは誰も
あの方から徴《しるし》をもとめたりはしませんでした
切望したのは言葉です
あるとき　あの方はこういわれました
「人はパンのみにて生くるにあらず
神の口からでる　すべての言葉によって生きる」
別なところでも同じ言葉を
幾度となく口にされました

ある日　ローマ軍の百人隊長があの方にむかって
部下に苦しむ者がおります　そう荘重な面持ちで語ると

あの方は　ためらうことなく
苦しむ人のもとに行かれようとしました
しかし　その様子を見た隊長はあわてて
「主よ」と呼びかけ　こういいました
「わたしはあなたをわたしの屋根の下にお迎えできるような者では
ありません
ただ　お言葉をください　そうすれば　わたしの僕《しもべ》は癒されます」

このときあの方は
だまったままじっと隊長を見つめたあと
こうおっしゃいました
「帰りなさい　あなたが信じたとおりになる」
隊長は何も語らず
滂沱《ぼうだ》の涙とともに隊へ戻っていきました

するとあの方はこうもらされたのです
「イスラエルのなかでさえ　これほどの信仰を見たことがない」

あのときわたしは
目の前でいったい
何が起こったのかわかりませんでした
言葉を欲した男に
あの方は沈黙で応えたのです
でも　出来事は起こったのです
言葉は　消え入りそうないのちを
新生させることができるのです

隊長の部下は癒されました
しばらくしたある日

鎧を脱いだ隊長と
癒された男がともに長い列につらなって
あの方のうしろを
歩いていた姿をはっきりとおぼえています
わたしも彼らと
エルサレムまでの道のりをともにしました

あの方と
言葉を交わしたことはありません
でも　幾度か見られている
いいえ
見てくださっているという
強い思いが
どこからともなく

湧き上がってきたことがあります

あの方のまなざしは
いつも
からだが灰燼《かいじん》に帰しても生きつづける
内なるものを凝視なさいました
人は
死んでも死なない
こころの奥深くに　そう沈黙の言葉で
語りかけてくださったのです

あなたは　あの方がくりかえし語られた
いのちと呼ぶ　どんなことがあっても
滅びることのない何かが

すべての人に宿っているとお信じになりますか
ああ　人は
誰もが不死なるものを宿している
そう悟らせてくださることに勝る奇蹟など
ほかにあり得るものなのでしょうか

あとがき

詩を書く動機は、書きたいことがあったというより、書いてみなくては自分のありかが分からないという実感だった。書くことが、書きたいことを言語化する行為であるより、書き得ないことを感じ直そうとする試みであることは、これまで他の随想などでも述べてきた。

書き得ないこと、それが人生からの問いである。詩を書くとは、人生という地平から自分だけの問いを見つけ出そうとするいとなみだといってよい。

詩集を編んでいると収まらない詩が出てくる。今回は三十余篇を集めたが手元にはおよそ倍の数の作品があった。

通常は次の詩集に入れることを考える。たとえば「奇蹟のことば」という長編の詩は、最初の詩集に入れようとして、かなわなかったものだった。だが次の作品は、末席であってもこの詩集に収めたいと思った。

思うようにならない日々に
疲れ果てていた
もう二度と立ち上がれない
そう
思うことさえあった
でも　あの日から
言葉は
人生の杖になった

読むことは
霧の中にひとすじの
道を見通すことで
書くことは　岩盤を

小さな鏨《のみ》で掘ることになった
これほど深く言葉とともに
生きるなど思ってもみなかった

この本で七冊目の詩集になる。詩の講座もさまざまな場所で行い、他者の詩集を編むという経験もした。それでもなお、詩と親しんでいる自分に不思議な情感を抱くことがある。

ある時期までの私は、詩情がなくても自分の生を生きられると信じ、疑っていなかった。詩情によって人生の道が照らし出されることを知らないで生きてきた。

詩は誰にでも書ける。そして、詩を書くことこそが、詩を深く味わうもっとも確実な道でもある。

人生には言葉では見出せない秘められた意味が存在する。大切な人へのおもい、自己の生に感じる尊厳の輝き、挫折のなかで浮かび上がってくる叡《えい》知《ち》の片鱗、これらを抱きしめるのにも詩情は、じつに確かにはたらく。

世に詩を書く人が増えるとよい。むかしの人は、歌によって互いの心を通わせた。詩情を伴う言葉のみが心と心、さらにいえば魂と魂をつなぐと知っていたからである。『ことばのきせき』という書名は、最後に決まった。一度、入稿してからなので、最後の最後だといってよい。そこには「ことばの奇蹟」と「ことばの軌跡」という多層の意味が折り重なっている。

編集は内藤寛さんに、校正は牟田都子さんに、DTPはたけなみゆうこさんに、そして装丁は名久井直子さんに担当してもらえた。書き手が言葉を投げ、それぞれの専門家がそこから生まれる意味である「ことば」を受け止めて、書物というかたちに昇華させる。これがそれぞれの意図を超えて実現する、こうしたものも私は一つの「きせき」であるように感じている。

二〇二三年十一月二十一日

若松　英輔

若松英輔（わかまつ・えいすけ）

一九六八年新潟県生まれ。批評家、随筆家。慶應義塾大学文学部仏文科卒業。二〇〇七年「越知保夫とその時代 求道の文学」にて第十四回三田文学新人賞評論部門当選、二〇一六年『叡知の詩学 小林秀雄と井筒俊彦』（慶應義塾大学出版会）にて第二回西脇順三郎学術賞受賞、二〇一八年『詩集 見えない涙』（亜紀書房）にて第三十三回詩歌文学館賞詩部門受賞、『小林秀雄 美しい花』（文藝春秋）にて第十六回角川財団学芸賞、二〇一九年に第十六回蓮如賞受賞。
近著に、『ひとりだと感じたときあなたは探していた言葉に出会う』『詩集 美しいとき』（以上、亜紀書房）、『霧の彼方 須賀敦子』（集英社）、『光であることば』（小学館）、『藍色の福音』（講談社）、『読み終わらない本』（KADOKAWA）など。

ことばのきせき

二〇二四年一月六日　初版第一刷発行

著者　若松英輔
発行者　株式会社亜紀書房
郵便番号　一〇一-〇〇五一
東京都千代田区神田神保町一-三二
電話　〇三-五二八〇-〇二六一
https://www.akishobo.com

装丁　名久井直子
印刷・製本　株式会社トライ
https://www.try-sky.com

Printed in Japan　ISBN978-4-7505-1824-4 C0095

若松英輔の本

生きていくうえで、かけがえのないこと　一三〇〇円＋税

言葉の贈り物　一五〇〇円＋税

言葉の羅針盤　一五〇〇円＋税

種まく人　一五〇〇円＋税

常世の花　石牟礼道子　一五〇〇円＋税

いのちの巡礼者　教皇フランシスコの祈り　一三〇〇円＋税

本を読めなくなった人のための読書論　一二〇〇円＋税

不滅の哲学　池田晶子　一七〇〇円＋税

魂にふれる　大震災と、生きている死者〔増補新版〕　一七〇〇円＋税

神秘の夜の旅　越知保夫とその時代〔増補新版〕　一八〇〇円＋税

亡き者たちの訪れ　一八〇〇円＋税

弱さのちから　一三〇〇円＋税

読書のちから　一三〇〇円＋税

沈黙のちから　一三〇〇円＋税

いのちの秘義　レイチェル・カーソン『センス・オブ・ワンダー』の教え　一五〇〇円＋税

言葉を植えた人　一五〇〇円＋税

ひとりだと感じたときあなたは探していた言葉に出会う　一六〇〇円＋税